KB180899

큰 글
한국문학선집

오일도 시선집

노변의 애가

일러두기

1. 원전에는 '한자[한글]'로 되어 있는 형태를 독자들의 이해를 돕기 위해 '한글(한자)'의 형식으로 모두 바꾸었다. 다만 제목의 경우, 한자를 삭제하고 한글로 표기하고 이를 각주를 달아 한자를 알아볼 수 있도록 하였다.
2. 이해를 돕기 위하여 편집자 주를 달았다.
3. 이 책의 목차는 시 제목의 가나다순으로 배열하였다.

목 차

가을은

가을은
낙엽(落葉)과 슬픔을
또 한아름[1]
내 가슴에 안아다 주고
등을 넘는다.

잎잎
비에 젖어
서늘한 지각(地殼)[2] 위에
이제 나는 누웠나니.

---

1) 두 팔을 벌여 감싸안을 정도의 크기나 둘레.
2) 지구의 바깥쪽을 차지하는 부분.

가을하늘

남벽(藍碧)3)의 하늘이 동그란 연(蓮)잎처럼
바람에 말려 나날이 높아간다.

지연(紙鳶)4)을 딸는5) 아기의 마음으로
나는 발돋움하며 언덕에 여기 섰나니.

저 한 점 백운(白雲)6)이
어린날 풍선구(風船球)보담 더 타고 싶어……

---

3) 남빛을 띤 짙은 푸른색.
4) 연(鳶): 종이에 댓가지를 붙여 실을 맨 다음 공중에 높이 날리는 장난감으로
   방패연, 참연, 초연, 치마연, 박이연, 꼭지연, 가오리연, 반달연, 동이연…
   등 종류는 다양하다.
5) 따르는.
6) 흰구름.

제비도 날아 닿지 못하는 곳
저기, 가을 여신(女神)의 치마 끝이 나부낀다.

검은구름

높이 하늘에서
검은 구름이 가슴 한복판을 누른다.

내 무슨 죄(罪)로
두 손 가슴에 얹고 반듯이 침대에 누워
집행시간(執行時間)을 기다리느뇨.

그러나 모두 우습다
그러나 모두 무(無)다.

눈만 살아
벌레 먹는 내 육체(肉體)를 내려볼 때에
인생(人生)은 결국 동물의 한 현상(現象)이어니.

백년(百年)도 그렇고……
천년(千年)도 그렇고……

내 한 가지 희원(希願)[7] 은
내 간 후
뉘우칠 것도 거리낄 것도 아무것도 없게 하라.

---

7) 희망(앞일에 대하여 어떤 기대를 가지고 바람).

고정기[8]

    나의 작은 정원(庭園)에 비가 개이고 해가 뜨니 여기저기 오잇 줄이 뻗기 시작한다. 행여 비탈길을 걸을세라, 꼬불꼬불 허리를 잘 펴지 못할세라, 개가 밟을 세라, 닭이 뻗을(파헤칠—편집자 註)세라, 바람과 비에 넘어질세라, 한시바삐 제 집을 세워주어야 하겠다.

    내 제법 일개의 건축사(建築師)처럼 정원(庭園) 한복판에 서서 오이집을 세우기 시작하였다. 설계(設計)도 내가 하고 건축(建築)도 내가 하겠다.
    백양(白楊)[9] 막대기와 싸릿가지를 이리 끊고 저리 짤라, 짧은 놈은 짧은 대로, 긴 놈은 긴 대로, 바른 놈은 바른 대로, 굽은 놈은 굽은 대로 이리저리 얽었다. 네

---

8) 苽亭記. 苽亭: 오이집
9) 황철나무를 일상적으로 이르는 말. =사시나무. =은백양(銀白楊)

구덩이 선 데는 사각(四角) 장방형(長方形)10)으로, 세 구덩이 선 데는 삼각형(三角形)으로, 두 구덩이 선 것은 기둥만 두 개 세워, 위는 네 구덩이 집으로 연결시키고, 여섯 다섯 구덩이 선 데는 둘벙하게(둥그렇게—편집자 註) 합(合)하여 원방형(圓方形)으로, 특히 사람 앞 가까이 섰는 한 구덩이는 정방사각형(正方四角形)을 세우니, 명왈(名曰) 독정(獨亭)이라. 하루 해 못 되어 나의 정원(庭園)에는 수고롭지 않게 고정(苽亭)(오이집) 십여 동(棟)이 들어섰다.

벽도 없고, 그림도 없고, 지붕도 덮지 않았으되 태양(太陽)과 우로(雨露)11)와 흙에 친근한 오이집으로는 정말 일등품이라 않을 수 없다. 이웃집 노인(老人), 오늘

---

10) 직사각형.
11) 비와 이슬

은 건넛들 모심기 갔는지, 석양(夕陽)이 넘어도 오지 않는다.

보면 놀랄 것이다.

해마다 계속하여 오던 오이 농사이지마는 금번은 특히, 집을 잘 짓고 손질을 자주 하여 기어코 오이의 성장(成長)을 잘 보려는 이유(理由)가 있다.

처음 날 여러 심은 씨는 병아리놈들이 다 뽑아 먹었기에 하는 수 없이 두 번째 또 씨를 심은 것이었다. 그것을 좇아 병아리놈들이 모여들어서 혹은 뽑아 먹고, 밟고, 뻗을려고, 눈을 돌릴 새 없었다. 그 동안 그것을 방비(防備)[12]하느라고 얼마나 애를 쓰며, 얼마나 병아리놈들과 싸왔는지 만한 오늘의 오잇줄을 보게 된 것도 좋은

---

12) 침입이나 피해를 막기 위해 미리 지키고 대비함.

성적(成績)이지 않을 수 없다. 어느 때에는 집안 사람과 말 다툼할 때도 많이 있었다. 집안사람은 병아리를 나려 놓고(부화시켜 놓고—편집자 註), 그것이 귀해라고, 그 것이 재롱스러워서라고 밤낮 병아리 뒤만 봐 주고, 나의 오이는 중히 생각지 않는다. 말하자면 집안 사람은 병아 리 편이요, 나는 오이 편이다. 나의 오이의 성장(成長) 을 침해(侵害)하고, 나의 오이의 생명(生命)을 유린(蹂 躪)하는 병아리 놈의 죄상(罪狀)은 일격타진(一擊打 盡), 모가지를 잘라 놓는 것이다. 당연한 보수(報酬)로 되 그러하자면 집안 사람과 대판으로 말다툼 한번은 할 각오라야 하겠고, 또는 어린 생명(生命)의 비명(悲 鳴)을 차마 들을 수 없는 터이라, 늘 내가 지고 내가 참을 수밖에 없이 지내 왔던 것이다. 이리하여 집을 시 작한 것이 손과 눈을 이리저리 놀리는 동안 그 또한 일종의 취미를 느끼게 되어 부지불식간(不知不識間)에 수고롭지 않고, 예상보담은 더 훌륭한 더 교묘한 집을 완성하게 된 것이다.

　이제 오이집이 낙성(落成)[13]되었으니, 조금도 지체 없이 입택(入宅)식 해야 하겠다. 땅 위에 방황하는 오잇줄들을 하나도 빠짐없이 일으켜 제 집으로 옮겨 손을 주었다. 제 뻗고 싶은 대로, 제 오르고 싶은 대로, 자모(慈母)[14]의 손을 붙들고 일어서는 아기처럼 오잇줄은 모두 감사의 고개를 든다. 바람이 분대도, 비가 온대도, 개와 닭이 밟는대도 이제는 큰 걱정이 없이 되었다.

---

13) 건축물이 완공됨, 또는 건축물을 완공함.
14) 사랑이 많은 어머니를 일컫는 말.

오이의 성장은 참으로 빠르다. 집에 올린 지 불과 몇 날이 못 되어 아침 저녁 물과 오줌을 주었더니, 어느새 이 구석 저 구석 푸른 줄기가 뻗어 올랐다. 높은 줄기는 제 집 보담 키가 높다. 보라! 저무는 하늘에 놀 붉고, 바람 고요하고, 매암이 소리 대추나무 위에 잦아지는 저녁, 줄기줄기 서로 손잡고 흔들흔들 푸른 하늘을 향하여 오르는 양을. 저렇게 오르면 어디까지 오를 것인고. 하늘과 땅, 무한히 넓고, 비와 이슬 달고, 태양(太陽) 또 빛나니 한여름 너의 성장이 왕성하기를 빌어 마지 않는다.

　　벌써 어느 줄기에는 누른 꽃 피고, 작은 열매 맺히기 시작하니, 지금 십여 일 지나면 나의 정원에는 자[尺]넘는 푸른 오이가 수없이 척척 늘어질 게다. 첫물에는 여름 반찬으로 한때의 별미이러니와 내 손수 이처럼 공들여 기른 오이를 함부로 밥반찬하여 버리기는 아까운 일이 아닐 수 없다. 귀한 손님 오시거든 뜰에서 곧 따다가 깨끗한 물로 씻어, 깨끗한 유리소반에 담아 푸른 그대로, 싱싱한 그대로 드리면, 손님이 얼마나 시원하다 하실까.

그것보담도 줄기에 척척 늘어진 푸른 오이를 바라보면서 서늘한 저녁 툇마루에 앉아 시(詩)도 말하며, 농사도 말하며, 술 한잔 따르는 것이 마나 취미 있는 일일까. 그러나, 모두 내 혼자의 말이다.

병아리놈들이 내 일하는 몇 날 동안은 내 눈과 내 소리에 못견뎌 다른 뜰에 나가 놀더니만 집이 끝나고 내 눈이 비키니 여전히 또 오이밭으로 모여든다. 그러나, 전과는 딴 세계이다. 땅 위에 누웠던 오잇줄들은 벌써 제 키 보담 몇십 배나 더 높은 집 위에 올라 있다. 가맣게 쳐다보인다. 침해하고자 한들 다시 침해할 수 있으랴.

나뭇가지가 이리저리 얽히고, 가지 위로 잎과 줄기가 우거지고, 밑에는 푸른 그늘이 짙으니, 병아리들은 제 집이 생겼다고 도리어 기뻐하여 마지 않는다. 그늘 아래로 떼를 지어 돌아다니며, 쉬며, 벌레와 모이를 주어 먹으며, 집 층계 위로 오르락내리락 운동도 한다.

그러고 보니 병아리 집으로도 일품이다. 푸른 오이 그늘 아래 노는 흰 병아리, 누른 병아리는 도리어 금상 첨화(錦上添花)의 경(景)이다. 이제 병아리와 오이의 갈등이 끝나고 동시에 오이 편과 병아리 편과의 말다툼도 완전히 해소된 것이다.

동쪽 울타리에 누른 호박꽃이 탐스럽게 피어 있고 서편 지붕 위에는 흰 박꽃이 오르려고 너울거리고, 처마 끝에 제비 재잘거리고, 대추나무 깊은 그늘에는 꾀꼬리와 매암이[15)와 벌의 교향악이 조금도 쉴 새 없이 마을을 흔들고, 앞 삽짝[扉]16)으로 한 조각 남쪽 하늘이 터져 진보(眞寶)17) 비향산(飛鄕山)이 멀리 보인다. 놀은 붉고 구름은 희다. 예(例)의 코스모스도 금년에도 잊지 않고 여기저기 가득 심었는데, 아직 철 일찍으나 차차 꽃 피기 시작하면 내 정원(庭園)의 한 사랑이 될 것이다.

---

15) 매미의 방언.
16) 사립문(사립짝을 달아서 만든 문)의 경상·충북 방언.
17) 참된 보배.

附韻

愛我苫亭半日成

葵紅匏托隣情白

棗陰續屋蟬聲暮

柳影斡篇燕子輕

白陽花葉爭先發

雨後新蔓欲遠征

靑果第約垂坐尺

邀得清露酒一舠

그믐밤[18]

얇은 볕 고요히 창에 나리니
투명의 내 손가락이 더욱 외로와······

화롯가에 하얀 재 함께
이 해도 이만 저무는구나.

소나무 가지 위에
행여 까치 한 마리 못 울게 하라.

소 털 끝 같은 내 생리(生理)[19]를
고이 달래 이 밤 재우련다.

---

18) 除夕.
19) 생활하는 습성이나 본능.

눈이 나려 옵니다
눈이 나려 옵니다.

천사(天使)의 걸음보다
더 가벼이.

눈이 나려옵니다.
눈이 나려옵니다.

꿈속의 밤보담
더 고요히.

냉수 같은 이마 우으로
밤이 흐른다.

이 순간(瞬間) 나는
가장 행복(幸福)함이어니

꿈에도 날
행여 검은 골로 이끌지 마라.

가냘픈 내 생리(生理)를
고이 달래 이 밤 재우련다.

꽃에 물 주는 뜻은

꽃물 주는 뜻은
봄 오거던 꽃 피라는 말입니다.

남들이 말합니다.
마른 이 땅 위에 어이 꽃 필까

그러나 나는 뜰에 나가서
꽃에 물을 줍니다.
자모(慈母)의 봄바람이 불어 오거든
보옵소서 담뿍 저 가지에 피는 붉은 꽃을

한 포기 작은 꽃에
물 주는 뜻은
여름 오거든 잎 자라라는 탓입니다.

남들이 말하기를—
가을 오거든 열매 맺으라는 탓입니다.
남들이 말하기를
돌과 모래 위에 어이 열매 맺을까

그러나 나는
꽃에 물을 줍니다.
황금(黃金)의 가을 볕 쪼일 제
보옵소, 저 가지에 익어 달린 누런 열매를.
페라운 이 땅 위에 어이 잎 자라날까

그러나 나는 날마다 쉬지 않고
꽃에 물을 줍니다.
여름 하늘 젖비가 나리거든
보옵소, 가득 저 가지에 피는 푸른 잎을.

한 포기 작은 꽃에
물 주는 뜻은
한 포기 작은 꽃에
물 주는 뜻은
님의 마음을 아니 어기랴는 탓입니다.

꽃 필 때에는 안 오셨으나
잎 필 때에도 안 오셨으나
열매 맺을 때에야 설마 아니 오실까.

오늘도 나는 뜰에 나가서
물을 줍니다. 꽃에 물을 줍니다.

내 연인[20]이여! 가까이 오렴!

내 연인(戀人)이여! 좀더 가까이 오렴!
지금은 애수(哀愁)[21]의 가을, 가을도 이미 길었나니.

음흑(陰黑)의 밤 무너진 옛 성(城) 너머로
우수수 북역(北域)[22] 바람이 우리를 덮어 온다.

나비 날개처럼 앙상한 네 적삼
얼마나 차냐? 왜 떠느냐? 오오 애무서워라.

내 연인(戀人)이여! 좀더 가까이 오렴!
지금은 조락(凋落)[23]의 가을, 때는 우리를 기다리지

---

20) 戀人.
21) 마음을 서글프게 하는 슬픈 시름.
22) 북쪽에 있는 나라.
23) 초목의 잎 따위가 시들어 떨어짐. 차차 쇠하여 보잘것없이 됨을 이름.

않나니.

한여름 영화(榮華)24)를 자랑하던 나뭇잎도
　어느덧25) 낙엽(落葉)이 되어 저 성(城)둑 밑에 훌쩍거
린다.

잎사귀 같은 우리 인생(人生) 한번 바람에 흩어 가면
어느 강산(江山) 또 언제 만나리오.

좀더 가까이 좀더 가까이 오렴!
　한 발자취 그대를 옆에 두고도 내 마음 먼 듯해 미치
겠노라.

---

24) 몸이 귀하게 되어 이름이 세상에 빛남.
25) 어느덧.

전신(全身)의 피란 피 열화(熱火)[26]같이 가슴에 올라
오오 이 밤 새기 전 나는 타고야 말리니.

까-만 네 눈이 무엇을 생각느냐?

---

26) 뜨거운 불길이라는 뜻으로 매우 격렬한 열정을 비유적으로 이르는 말.

내 창이 바다에 향했기에

내 창이 바다에 향했기에
저녁때면
창에 기대어
저― 수평선(水平線)을 바라봅니다.

백색(白色)의 아득한 해로(海路)―

내 시선(視線)은
멀리 흰 돛에 닿았건만
그러나 나는
누구 오기를 기다림도 아닙니다.

마음없이
옛날 노래도 부르며

집 지키는 소녀(少女)처럼
또 휘파람 붑니다.

슬픈 일과(日課)가 거듭는[27] 동안
물결은 부딪쳐
사주(沙洲)[28]의
빈 조개껍질을 몇 번이나 옮겼는고!

오늘도 해가 저물어
엷은 볕 물 위로 사라지고

---

27) 거듭되는
28) 일정한 방향의 바람, 파도, 조류, 또는 유수로 말미암아 노래나 바위가 밀리어
    쌓여 수면이나 연안에 둑 모양을 이룬 모래톱으로 일반적으로 기름한 모양을
    이루며 그 높이가 10m가 넘는 것도 있다. 강어귀에 이루어진 이것을 특히
    삼각주(三角洲)라고 함.

무심(無心)한 갈매기만
저 홀로 섬[島]을 돕니다.

노랑 가랑잎

뜰 위에 구우는
노랑 가랑잎 한 잎
산에서 온 편지.

바람에 불려 왔나
참새가 물고 왔나.

뜰 위에 구으는
노랑 가랑잎 한 잎
어머니의 편지.

산에는 눈이 나렸다오
산에는 눈이 나렸다오.

노변의 애가29)

밤새껏 저 바람 하늘에 높으니

뒷산에 우수수 감나뭇잎 하나도 안 남았겠다.

계절(季節)의 조락(凋落),30) 잎잎마다 새빨간 정열

(情熱)의 피를

마을 아이 다 모여서 무난히 밟겠구나.

시간(時間) 좇아 약속(約束)할 수 없는 오— 나의 파

종(破鐘)아

울적(鬱寂)31)의 야공(夜空)32)을 이대로 묵수(默守)33)

---

29) 爐邊의 哀歌
30) 초목의 잎 따위가 시들어 떨어짐. 차차 쇠하여 보잘것없이 됨을 이르는 말.
31) 마음이 답답하고 쓸쓸함.
32) 밤하늘.
33) 묵묵히 지키다.

할 것가!34)

구름이 끝 열규(熱叫)35)하던 기러기의 한 줄기 울음도
멀리 사라졌다. 푸른 나라로 푸른 나라로—

고요한 노변(爐邊)에 홀로 눈감으니
향수(鄕愁)의 안개비 자욱히 앞을 적시네.

꿈속같이 아득한 옛날 오— 나의 사랑아
너의 유방(乳房)에서 추방(追放)된 지 내 이미 오래라.

거친 비바람 먼 사막(沙漠)의 길을

---

34) 것인가!
35) 부르짖음.

숨가쁘게 허덕이며 내 심장(心臟)은 찢어졌다.

가슴에 안은 칼 녹스는 그대로
오— 노방(路傍)36)의 죽음을 어이 참을 것가!

말없는 냉회(冷灰)37) 위에 질서(秩序)없이 글자를 따라
모든 생각이 떴다— 잠겼다— 또 떴다.

—앞으로 흰 눈이 펄펄 산야(山野)에 나리리라
—앞으로 해는 또 저물리라.

---

36) 길 옆.
37) (불이 꺼져서) 불기가 조금도 없이 차가워진 재.

누른 포도잎

검젖은 뜰 위에
하나 둘……
말없이 나리는 누른 포도(葡萄)잎.

오늘도 나는 비 들고
누른 잎을 울며 쓰나니.

언제나 이 비극(悲劇) 끝이 나려나!

검젖은 뜰 위에
하나 둘……
말없이 나리는 누른 포도(葡萄)잎.

▶▶▶『시원(時苑)』 제5호, 1935.12

눈이여! 어서 나려 다오

눈이여 어서 나려 다오
저— 황막(荒漠)[38]한 벌판을 희게 덮어 다오.

차디찬 서리의 독배(毒杯)[39]에 입술 터지고
무자비(無慈悲)한 바람 때없이 지나는 잔 칼질 길에
피투성이 낙엽(落葉)이 가득 쌓인
대지(大地)의 젖가슴 포오트랩 빚의 상처(傷處)를.

눈이여 어서 나려 다오
저— 앙상한 앞산을 고이 덮어 다오.

사해(死骸)[40]의 한지(寒枝) 위에

---

38) 거칠고도 편하게 넓음.
39) 독주 또는 독약이 든 술잔.

까마귀 운다.

금수(錦繡)[41]의 옷과 청춘(靑春)의 육체(肉體)를 다 빼앗기고

한위(寒威)[42]에 쭈구리는[43] 검은 얼굴을.

눈이여! 펑펑 나려 다오

태양(太陽)이 또 그 위에 빛나리라.

가슴 아픈 옛 기억(記憶)을 묻어 보내고

싸늘한 현실을 잊고

성역(聖域)[44]의 새 아침 흰 정토(淨土)[45] 위에

---

40) 시체.

41) 수를 놓은 비단. 화려한 옷이나 직물을 이르는 말.

42) 기세를 떨치는 심한 추위.

43) 쭈그리는

내 영(靈)을 내 영(靈)을 쉬이려는 희원(希願)46)이오니.

---

44) 성인의 지위 또는 거룩한 지역.
45) 번뇌의 속박을 벗어난 서편에 있다는 극락세계. 아주 깨끗한 세상을 말함.
46) 앞일에 대한 바람.

도요새

물가에 노는
한 쌍 도요새.

너
어느 나라에서 날아왔니?

너의 방언(方言)을 내 알 수 없고
내 말 너 또한 모르리!

물가에 노는
한 쌍 도요새.

너 작은 나래가
푸른 향수(鄕愁)에 젖었구나.

물 마시고는
하늘을 왜 쳐다보니?

물가에 노는
한 쌍 도요새.

이 모래밭에서
물 마시고 사랑하다가

물결이 치면
포트럭47) 저 모래밭으로.

---

47) potluck.

돌팔매

온종일 바닷가에 나와

걸으며 사색(思索)하며 바다를 바라보아도

내 마음 풀 길 없으매

드디어 나는 돌 한 개 집어

물 위에 핑 던졌다.

바다는 윤(輪)[48]을 그린다.

---

48) 바퀴나 테를 이르는 말.

멀리 오시는 님 어이 맞으오리까

두손 하늘 끝 높이 들어 이마에 얹고
공손한 맘으로 절하며 맞으오리까
멀리 오시는 님 어이 맞으오리까
백 번 절하고 천 번 절하고 또 절하여도
우리의 정성 부족할까 두려웁네다.

피끓는 가슴 터지는 목소리로
높이높이 만세(萬歲) 부르며 맞으오리까
멀리 오시는 님 어이 맞으오리까
만세(萬歲)! 만세(萬歲)! 만세(萬歲)!
그러나, 우리 소리 님께 못 릴까 안타까웁네다.

백공작(白孔雀)49)의 비단을 거리거리에 깔고
좌우(左右)로 꽃다발을 드리워 맞으오리까

멀리 오시는 님 어이 맞으오리까

그러나 이것도 님의 기대(期待)가 아닐 것이외다.

너무 사치ㅎ다 꾸중하실까 조심스럽습니다.

빼앗긴 국토(國土)마저 작별하시고

쓸쓸한 이역(異域)50)에 몸을 던져

풍찬노숙(風餐露宿)51) 이리저리 유전(流轉)52)의 이

십칠년간(二十七年間)

그 고난 어떠하였사오리까

그러나 생사일념(生死一念53))에 조국(祖國)이 있을 뿐

---

49) 인도공작의 백변종(白變種). 몸 전체가 희고, 주둥이와 발은 담색이다.

50) 다른 나라의 땅. 본고장이나 고향이 아닌 다른 곳을 이르는 말.

51) "바람에 불리면서 먹고, 이슬을 맞으면서 잔다"는 듯으로 떠돌아다니며 고생스
러운 생활을 함을 비유적으로 이르는 말.

52) 이리저리 떠도는 것.

53) 一念: 한결같은 생각.

오직 조국(祖國)을 위하여 싸우신 님이시니.

뜻은 크고 힘은 약하시매

하늘을 우러러 피눈물 몇 번이나 흘렸사오리까

성공(成功)의 날은 기약(期約) 없고 고국(故國)은 바
라 아득할 뿐

칼자루를 어루만져 개탄(慨嘆)한 적은 없었사오리까

그러나 철석(鐵石) 같은 마음 변ㅎ지 않으시고

오직 조국(祖國)을 위하여 싸우신 님이시니

태양(太陽)의 운행(運行)이 바른 궤도(軌道)를 얻어

역사적(歷史的) 전환(轉換) 세계(世界)의 총소리 끝나
는 저녁

우리의 왜적(倭敵) 드디어 백기(白旗)를 들고

이 땅마저 최후(最後)로 떠나게 될 제

오—

개가(凱歌)54) 높이 부르며 돌아오시는 님이시여!

백은(白銀)의 노래를 푸른 고국(故國) 하늘에 펴고

그리운 이 강산(江山)을 내려보실 때에

이 도시(都市) 이 촌락(村落) 이 초목(草木)을 내려보실 때에

이 겨레를 내려보실 때에

님의 가슴속 감회(感懷) 어떠하였사오리까.

자— 님이여 나리소서

---

54) 승리하여 기뻐서 부르는 노래.

우리의 원수 왜적(倭敵)은 이 땅에서 물러갔읍네다.

님이여! 어서 나리소서

우리의 원수 왜적(倭敵)은 이 땅에서 그림자 사라졌읍네다

이 땅은 이 땅은 이 땅은

벌써 님의 떠나시던 옛날 왜적의 땅이 아니옵네다.

온갖 세금(稅金) 온갖 공출(供出)[55] 가지가지 혹독(酷毒)한 형틀 아래에

학천(涸泉)[56]의 고기처럼 최후(最後)의 순간(瞬間)을 기다리는 때

해방의 종소리 우렁차게 하늘 흔들며

---

55) 정부에서 곡식 등을 제공하여 내어놓음.

56) 마른 샘.

자유(自由)의 부르짖음 거리를 뒤집어

우리는 우리는 우리는

이제 새 천지(天地)에 자유(自由)로운 백성이 되었읍
니다

먼 길에 피로 하실 테니 잠간 철의(鐵衣)를 벗고

조선 명주 안에는 솜 솜옷을 갈아 입으소서

그 피 묻은 영예(榮譽)의 철의(鐵衣)는 아껴 뒷날 박
물관(博物館)에 걸어놓고

이역풍상(異域風霜)57) 늙으신 님의 초상(肖像)과 함께

우리 아들 손자대(孫子代) 대대(代代)로 뵈어 주리이다.

57) 타지에서의 많이 겪은 세상의 어려움과 고생.

추우시면

우리 온돌방에 장작 담뿍 때어 드리리라

그리고 새로 익은 이쌀밥에

배추 속잎 넣고

그리운 된장국도 끓여 드리리다.

그러나 모두 내일의 잔 이야기

멀리 오시는 님 어이 맞으오리까

건국(建國)의 대업(大業)을 아직 이루지 못한 오늘

멀리 오시는 님 어이 맞으오리까

우리는 님 맞기에

아직 아직 준비가 부족하옵니다.

해방(解放)의 종소리 울린 지 두 달 넘도록

난무(亂舞)[58]의 행렬(行列)이 통일(統一)과 질서(秩序)로 돌아갈 줄 모르고

굴레 벗은 말처럼 거리를 뛰놀며

종로(鐘路) 뒷골목에는

젊은 정객(政客)[59]들이 이 구석 저 구석 모여 서서

벌써 분열(分裂)과 싸움을 일삼나니.

그러나 님의 소식(消息) 한 번 삼천리(三千里)에 멀리 퍼지매

우리 겨레 모두 우러러 기다리는 마음!

끝끝내 조국(祖國)을 위하여 일생(一生)을 바친 님이시니

---

58) 어지럽게 마구 추는 춤으로 옳지 않은 것이 함부로 나타남을 뜻함.
59) 정치에 종사하는 사람.

님의 뜻 뉘 감히 어기오리까
오늘날 이 해방(解放)과 이 자유(自由)는
오직 님의 흘리신 피의 선물이오니
뉘 감히 님에게 안 따르오리까.

자— 님이여! 나리소서
님의 돌아오심을 한 계기(契機)60)로써
우리는 맹서(盟誓)하리이다
우리의 건국(建國)을 이루기 위하여
삼천만(三千萬)겨레 한마음 한 몸으로
님의 깃발 아래 모이리다.

---

60) 일이 일어나거나 결정되는 근거.

그리고 님이여! 지도(指導)하소서
우리는 따르리다

백두산(白頭山) 마루에 태극기(太極旗) 높이 달고
나팔소리 우렁차게 삼천리(三千里) 울리며
삼천리(三千里) 겨레 발을 맞추어
님의 뒤 님의 뒤 따르리다.

물의 유혹⁶¹⁾

한강(漢江)의 물은 일렁일렁합니다
한강(漢江)의 봄은 파랗습니다.

나룻가에 자던 버들 바스락 눈을 뜨고
얼음 속에 갇혔던 배도 떠나갑니다.

봄에 물은 움직이기 시작합니다.
물의 유혹(誘惑)은 봄에 있습니다.

파-란 저 물
천길 만길 밑도 없는 듯 싶습니다.

---

61) 誘惑.

어린 날 머리 속에 그리던 나라 같아서
내 마음 자꾸 들어가 보고 싶습니다.

바람이 붑니다

바람이 붑니다. 따스한 바람이! 잎 피는 바람
입니다.
비가 옵니다. 은실의 봄비! 봉오리 터지는
봄비입니다.

님이여 어서 오소서.
서울 하늘 백공작(白孔雀)나래 햇발 아래에
……꽃은 피리다
……꽃은 피리다.

백말62)

한낮의 태양(太陽)은 눈부시게 해심(海心)을 내려쏘
는데
잔교(棧橋)63) 끝으로
백금(白金)의 비말(飛沫)64)이 풀풀 우리 키보다 높다.

동경(憧憬)의 흰 돛은 아득히 하늘 끝 닿고
발 아래로 푸른 유감(誘感)의 물.

물에 길든 갈매기 놀라 날 줄 모르고
오가락 물방울 희롱하며 젖은 날개 더욱 빛나거니.

---

62) 白沫: 흰빛으로 부서지는 물거품.
63) 절벽과 절벽 사이에 높이 걸쳐 놓은 다리. 부두에서 선박에 닿을 수 있도록
    해놓은 다리 모양의 구조물.
64) 안개같이 튀어오르거나 날아 흩어지는 물방울. 튀는 물방울.

난간(欄干)에 고요히 걸어앉아 불순(不純)의 피 끊치
는 순간(瞬間)

더 높아져라 높아져라 오오 백말(白沫)이여! 더 높아
져라.

아스라한 신경(神經)이 눈썹 끝 머리털 끝 층층계 기
어오른다.

벽서65)

낡은 초집 벽(壁)에
피로 쓴 글씨
그 동안 많지 않은 세월에도
벌써 곰팡이 피어 잘 보이지 않나니.

인생(人生)의 길은 약속(約束) 없고
허다(許多)히 지나는 비바람에
이 벽(壁)마저 무너지면
외나무다리 걸어온 내 집 역사(歷史)를
어디에서 또 더듬으리오.

두 손에 촛불 들고

---

65) 壁書: 벽에 쓰거나 써붙이는 글.

깊은 밤 낙엽(落葉)에 꿇어앉아서

삼가이 내 다시 글을 읽을 제

할아버지 허-연 수염이 바람에 날리다.

▶▶▶『시원』 제5호, 1935.10

별

가지 사이로
별이 보인다.

천년만년(千年萬年) 예지(叡智)[66]에 찬 눈.

우주(宇宙)는
영원(永遠)히 멸망(滅亡) 않으리!

---

66) 뛰어난 지혜. 지혜롭고 밝은 마음과 생각.

봄비

한강에 살포시 눈뜨는 버들
버들 타고 봄비는 비가 나려요.

천실만실 고요히 나리는 정은
끝도 없는 청춘(靑春)의 눈물이라오.

보슬보슬 온종일 울며 나려도
십릿벌[67) 모래밭을 못 적시거든.

강남천리(江南千里) 먼 먼길 물길 터지어
님 타신 배 순순히 언제 오시랴!

---

67) 십리의 벌.

봄 아침

한겨울 앓던 몸
따스한 햇발 따라 뒷산으로 오르니
어느 새 잔디밭 눈이 녹고
마른 가지 끝으로
가벼운 봄이 벌[峰68)]같이 도네.

이 몸에 병이 낫고
이 산에 꽃이 피거든
날마다 이 산에 올라
파-란 하늘이나 쳐다볼까!

---

68) 봉우리, 메, 뫼.

비파행69)

: 백낙천(白樂天) 작(作)

심양강(潯陽江)70) 서늘한 밤 벗을 보낼 제

갈대꽃 단풍잎에 가을이 운다

강가에 말 세우고 나도 배에 올라

술 한잔 나누려나 슬프다 관현성(管絃聲) 하나 없나니

취한들 무엇 기쁘리! 그만 섭섭 갈릴 터인데

망망한 강물, 물 속에 말없이 잠긴 달이여!

난데없이 물 위로 떠오는 비파(琵琶) 한 소리에

벗은 떠나지 않고 나도 돌아옴을 잊었네

소리 들리는 곳 드너머 가만히 묻노니

---

69) 琵琶行: 당나라 백낙천이 지은 가행체(歌行體)의 시. 사마에서 좌천된 이듬해 가을에 지었다는 이 시는 인생의 영고가 무상함을 읊은 노래로 장한가와 아울러 일컬어짐. 칠언고시 88구로 이루어짐.
70) 쉰양강(양쯔강의 한 지류)의 잘못.

타는 이 그 누구뇨?

비파 소리 뚝 끊치고 말할 듯 말할 듯 더디도다.

가까이 배를 옮아 서로 맞아서

등 밝히고 술 더하여 다시 마실 제

천 번 청하고 만 번 불러 처음 나오매

가슴에 비파 안은 채 반튼 가리운 얼골!

축을 굴리고 줄을 골라 띵띵 두세 소리에

곡조(曲調)를 이루기 전 먼저 정(情)이 앞서……

아미(蛾眉)71)를 낮게 하고 능숙한 손으로

저 줄 이 줄 고루 눌려 소리마다 생각이라

평생의 마음속 끝없는 한(恨)을

---

71) '누에나방의 눈썹'이라는 뜻으로, 가늘고 길게 곡선을 그린 고운 눈썹을 두고
비유적으로 하는 말. 미인의 비유.

낱낱이 호소하는 듯 오오 외로운 여인(女人)이여!

느리락 가벼락 또 높으락

처음은 예상곡(霓裳[72]曲), 다음을 육현곡(六玄[73]曲)을 아뢰나니

큰 줄은 띵띵 급한 비 퍼붓는 듯

작은 줄은 뎅뎅 가만히 속삭이듯

띵띵 뎅뎅 띵띵 번복 수없으매

큰 구슬 작은 구슬 도로롱 옥반(玉盤)[74]에 떨어지다

꾀꼬리 즐거워 꽃 그늘에 노래 부르고

---

72) 霓裳: 무지개와 같이 아름다운 치마.

73) 六玄: 여섯 현.

74) 옥으로 만든, 또는 옥으로 아로새겨 만든 예반. 예반을 아름답게 일컫는 말.

산골 물 구비구비 여울로 나리는 목메인 울음
잠간 비파(琵琶)줄 응절(凝絶),75) 소리 끊칠 제
별다른 암연(暗然), 별다른 한(恨)을 남모르게
소리 없이 호소(呼訴)하는 듯 뼈가 저리다

은병(銀瓶)76)이 깨어지며 수장(水漿)이 솟는 듯
철기(鐵騎) 뛰어나오며 칼과 창이 우는 듯
곡조 끊치자 채를 빼어 비파 한복판 그리니
네 줄 한꺼번에 명주를 째는 소리!
동쪽 서쪽에 머문 배 초연(悄然)히 말없고
적막한 가을 밤 물 속에 달빛만 힐 뿐
한참 한숨 끝, 채는 줄 사이에 꽂고

---

75) 엉기고 끊임.
76) 은으로 만든 병.

얼굴과 옷 가다듬으며 말하기를

저 본시 경성생(京城生)으로[77] 집은 하마릉(蝦蟆陵)
아랫마을

열 세 살 적 비파 배워 가련한 몸이

교방제일부(敎坊第一部)에 이름 높아서

한 곡조 퉁 치면 선재(善才)도 무릎 치고

말쑥한 새 단장에 추낭(秋娘)[78]도 원색(願色)[79] 없었
나니

오릉(五陵)의 젊은 남아(男兒) 다투어 놀림채 줄 제

일곡(一曲) 직천금(直千金),[80] 붉은 비단 어이 세었
사오리까?

---

77) 경성에서 태어나
78) 가을 여자.
79) 바라는 빛.
80) 값은 천금.

은비녀 대신 장단에 마디마디 부서지고

핏빛 비단치마 몇 번이나 술에 젖었던고

한 해 두 해 해마다 기쁜 웃음 속에

가을 달 봄 바람을 등한히 보냈더니

불행이 아우는 변역(邊役)에 이모(姨母)도 죽고

얼굴조차 아침 저녁 틀려 가매

쓸쓸한 문앞 뉘 다시 찾아오리까?

철 지난 꽃 늙은 몸이 상인에게 시집 오니

이(利)만 알고 이별 가벼이 하는 남편

먼젓 달 차(茶) 사러 부량(浮梁)81)에 가고

저 홀로 강구(江口)에 오가락 빈 배를 지키노니

강물은 차고 달빛 또 처량(凄凉)한데

---

81) 부교(浮橋): 배나 뗏목을 여러 개 잇대어 잡아매고 널빤지를 깔아 만들거나, 교각 없이 임시로 강 위로 놓은 다리.

밤 깊이 소스라쳐 지난 일 생각하면
붉은 눈물 방울방울 옷깃 적십네다.

내 비파 소리 듣고 이미 한숨짓거든
또 이 말 들으매 더욱 비창(悲愴)82)해라
그대나 내나 다함께 천애(天涯)83)에 윤락(倫落)84)한 몸
처음 만난들 무엇 서슴하랴!深僻
지난해 나도 제경(帝京)에서 적방(謫放)85)된 몸이
병들어 심양성에 홀로 누웠노니
심양(潯陽)은 심벽(深僻)한 곳 해가 진(盡)ㅎ도록

---

82) 마음이 몹시 상하고 슬픔.
83) 하늘 끝. 먼 변방. 아득히 떨어진 타향. 이승에 살아 있는 핏줄이나 부모가
   없음을 이르는 말.
84) 떨어진 인륜.
85) 벌하여 추방하다.

음악다운 음악을 어디서 들으랴
분강(湓江)이 가까와 땅도 매우 저습(低濕)하매
푸른 대 누른 갈대 집을 둘려 있고
아침 저녁 여기 들리는 것은
잔나비 슬픈 울음, 두견(杜鵑)새의 피눈물뿐

새해 아침

한겨울 앓던 이 몸
새해라 산(山)에 오르니
새해라 그러온지 햇살도 따스고나
마른 가지에 곧 꽃도 필 듯하네.

멀리 있는 동무가 그리워요
이 몸에 병(病)이 낫고
이 산(山)이 꽃 피거든
날마다 이 산(山)에 올라
파-란 하늘이나 치어다볼까.

송원86)의 밤

성의(聖衣)의 자락처럼
침묵(沈默)이 무거운 송원(松園)의 밤.

마을은
백양(白羊)의 꿈속에 잠기고

비 개인 모래밭
맨발이 죄스러워……

경건(敬虔)한 기도(祈禱)에
처녀는 머리칼 하나 흔들리지 않는다.

---

86) 松園.

십월의 정두원[87)

물새는 찍― 찍―
잎사귀 바삭바삭.

한 걸음 두 걸음
세상과 멀어지는 곳.

높이 푸른 저 전(杉)나무
몇 백년(百年) 자랐기에 저처럼 클까! 곧 하늘을 찌
를 듯하이.

나무 밑으로 걷는 인생(人生)이 더욱 작은가 싶어
우러러보곤 다시곰[88) 열루(熱淚)[89)를 삼키다.

---

87) 十月의 井頭園.
88) 다시금.
89) 마음속 깊이 사무쳐 흐르는 뜨거운 눈물.

물새는 찍— 찍—
잎사귀는 바삭바삭

여기, 청춘(靑春)의 애수(哀愁)가
세월(歲月) 함께 짙었도다.

한낮에도 햇볕90) 못 보는 검은 그늘에
여기저기 빈 벤치만 놓여 있을 뿐.

죽음의 나라처럼 사람 소리라곤 하나 들을 수 없고
실낱같은 바람이 지나기만 해도 우수수 못가에 갈대
가 운다.

---

90) 햇빛.

아기의 눈

배암이는 아기의 발을 물었읍니다
발은 점점 썩어 듭니다.

그러나 아기의 눈에는 눈물이 없읍니다.
그러나 보는 이의 눈에는 피가 맺힙니다.

배암이는 아기의 팔을 물었읍니다
팔은 점점 썩어 듭니다.

그러나 아기의 눈에는 눈물이 없읍니다.
그러나 보는 이의 눈에는 피가 맺힙니다.

팔이 썩고 발 썩어 들어
배로 가슴으로 목 위로 오릅니다.

이제 아기는 목 위만 살았습니다.
멸망(滅亡)하는 제 육체(肉體)를 내려봅니다.

그러나 아기의 눈에는 눈물이 없습니다.
아기의 눈은 샛별처럼 반짝입니다.

오오, 영혼(靈魂)의 별이여!

5월 화단[91]

오월(五月)의 더딘 해 고요히 나리는 화단(花壇).

하루의 정열(情熱)도
파김치같이 시들다.

바람아, 네 이파리 하나 흔들 힘 없니!

어두운 풀 사이로
월계(月桂)의 꽃 조각이 환각(幻覺)에 가물거리다.

---

91) 五月 花壇.

1, 내 소녀(小女)

빈 가지에 바구니 걸어 놓고
내 소녀(小女)는 어디 갔느뇨.

· · · · · · · · · · · · · · · · · · · ·

박사(薄紗)[92]의 아지랭이
오늘도 가지 앞에 아른거린다.

---

92) 얇은 비단.

2, 꿈

꿈
어렴풋한 꿈.
추녀 끝에
백색전등(白色電燈)이 조은다.

—— 영원(永遠)히 가 버린 숙정(淑貞)에게 ——

▶▶▶『시원』 제4호, 1935.08

올빼미

오월(五月) 농록(濃綠)⁹³⁾의 여름이 또 와서
고허(古墟)⁹⁴⁾의 우울(憂鬱)은 한층 더 짙도다.

한낮에도 광명(光明)을 등진
반역(反逆)의 슬픈 유족(遺族), 오오 올빼미여!

자유(自由)는
이 땅에서 빼앗긴 지 오래였나니

혈전(血傳)의 네 날카로운 주둥아리
차디찬 역사(歷史)를 씹으며 이대로 감인(堪認)⁹⁵⁾할

---

93) 진한 녹색.
94) 오랜 세월을 지낸 폐허.
95) 참아내다.

것가.96)

다람쥐도 이르지 않는 검은 동혈(洞穴)97) 속에
너는 영원(永遠)한 홀아비 오오 올빼미여!

남달리 큰 두 눈에 눈물 없음을 나는 아노라
은인(隱忍)의 발톱을 무릎 아래 감추어라.

여름 긴긴 해 울노(鬱怒)98)의 하루가 저물면
세상이 다 자는 너 대기(待機)의 밤은 이제 오리니.

---

96) 것인가.
97) 벼랑이나 바위에 있는 굴의 구멍.
98) 울적하고 화가 남.

쭈구린 날개를 펴고 창공을 향하여
바람같이 번개같이 밤을 잃지 말아라.

인생의 광야[99)]

인생(人生)의 광야(曠野)에 해는 저물어

갈바람 나날이 높이 불어

내 영혼(靈魂) 하늘을 우러러 호곡(呼哭)[100)]할 길도 없고

찢어진 기폭(旗幅)[101)]처럼 여기 펄럭이나니.

불길(不吉)의 새, 들 가로 도는 까마귀여!

이젠 석양(夕陽)의 만가(輓歌)[102)]도 겸손ㅎ지 말라

빈 산에 낙엽(落葉)이 휘날고

고향(故鄉) 잃은 자(者)의 슬픔은 나날이 더할 뿐.

---

99) 人生의 曠野.
100) 소리를 내어 슬피 욺. 또는 그러한 울음.
101) 깃발.
102) 상여를 메고 갈 때 부르는 노래. 죽은 사람을 애도하는 노래.

들국화 한 송이 없는 마른 풀 밑에

내 정열(情熱)과 내 칼을 묻고

함께 눕는 날

그 우으로[103] 세월(歲月)이 가고 바람이 불고⋯⋯

---

103) 위로.

임해장의 삼야[104]

제1야(第一夜)

형(兄)

여기는 송도원(松濤園) 임해장(臨海莊), 글자 그대로 푸른 바다에 직면(直面)한 산천내과(山川內科) 분원(分院)입니다. 외로운 밤 벼개[105] 아래로 부닥치는 해도(海濤)[106] 소리를 들으며 유리창으로 비치는 달밤을 바라보며 홀로 침대 위에서 이 펜을 들었읍니다.

형(兄)은 분명ㅎ고 이 친구 무슨 중병(重病)으로 입원(入院)까지 하였는가 하고 놀라시겠지요.

---

104) 臨海莊의 三夜.
105) 베개.
106) 바다의 큰 파도.

그러나, 그렇지도 않습니다. 안심(安心)하십시요.

그러면 이 친구 이상이 생겼나, 취했나 하고 형(兄)은 더욱 의울(疑欝)[107]하시겠지요.

그러나, 그렇지도 않습니다.

구태여 솔직한 고백을 원하신다면 사실인즉 오늘 송도원(松濤園)에서 원산시내(元山市內)까지 갔다가 돌아오는 길, 밤 아홉시나 되어었읍니다.

마음과 몸도 피로(疲勞)하거니와 더욱 적적(寂寂)한 밤 타관의 길, 바다에 물결 소리뿐이었읍니다. 반공(半空)에 달빛뿐이었읍니다. 일보이보(一步二步) 작은 관고개에 오르니 멀리 솔밭 사이로 전등이 반짝반짝. 저기가 지금 나의 유(留)하고 있는 송도원(松濤園). 나는 마

---

107) 믿지 아니하여 더욱 답답함.

음없이 입으로 중학 시절에 부르던 감상적(感傷的) 일곡(一曲)이 흘러나옴을 깨닫지 못하였습니다.

먼 마을 등불만 반짝반짝

형(兄)

나는 송도원에 머문 지가 벌써 한 달. 달 너머 쉬고 자고 놀던 곳이건마는 내 집 내 마을 아니요, 또 이 한밤, 기다리는 이조차 없거니, 무엇을 위하여 내 터벅터벅 저 등불을 향(向)하여 가는가? 가지 않으면 안 될 이유(理由)가 또 어디 있는가. 스스로 반문(反問)하여 보아도, 아무 의무(義務)도 없고 아무 애착(愛着)도 없다는 직답(直答)이었읍니다. 간대야 주인(主人)에게 문(門) 열어 달라는 신세를 끼쳐야 할 것, 저녁 밥 짓는 일과(日課)를 마쳐야 할 것 등 불편한 생각과 한 걸음 두 걸음 끊일 줄 모르는 공상(空想)이 드디어 나로하여금 다리 무겁게 하였읍니다.

　그러나, 마을까지 가기 전 여관(旅館) 하나 없고, 하룻밤의 휴식(休息)을 쉽게 얻을 곳은, 가까이 길가에 요원(療院)108)이 있을 뿐. 배산(背山) 임해(臨海) 삼층(三層) 정문(正門) 앞에 높이 걸린 고촉(高燭) 외등(外灯)이 이 밤의 나를 유혹(誘惑)하기에 너무나 명랑(明朗)합니다. 불빛에 '임해장(臨海莊)'이라 쓴 간판(看板)이 잘 보였읍니다.

　나비야 청산(靑山) 가자

---

108) 병원.

범나비 너도 가자
가다가 해 저물면
꽃에 들어 자고 가자
꽃에서 푸대접하거든
잎에선들 어떠리

　잎 속에서나 꽃 속에서나 쉬어 가기는 일반, 번번춘흥(翻翻春興109))에 겨워 노는 나비도 하룻밤 청산(靑山)의 나그네어든, 벽해명월(碧海明月)의 이 밤을 걷는 내 심회(心懷) 어떠하리! 먼 마을의 등불도 내 집 아니고, 이 병원의 등불도 내 집 아닌 이상, 어느 등불 아래서 하룻밤 심신(心身)을 쉰들 무슨 큰 탈선(脫線)일까요.

---

109) 春興: 봄철에 절로 일어나는 흥과 운치.

형(兄)

이제야 형(兄)의 걱정과 의울증(疑鬱症)이 시원히 빙석(氷釋)[110]되시겠지요.

요즘 더운 날 해변(海邊)에서 불어 보내는 하나의 선물인 줄 알고, 형(兄)이여! 허허 한번 웃으시오.

몇 날 전 김월파형(金月波兄)의 편지가 왔는데 "대체 형(兄)의 방랑(放浪)은 언제 끝이 나오" 하고 벽두(劈頭)에 물었읍니다. 좋은 답을 아직 보내지 못하였읍니다. 아닌 게 아니라 나에게 방랑성(放浪性)이 적은 것이 아니고, 요즘 나의 세월이 방랑임에 틀림없음은 자인(自

---

110) 얼음이 녹듯이 의심이나 의혹 따위 풀림.

認)하는 바이지마는, 다시 한번 생각하면, 우리 인생(人生)이 역려건곤(逆旅乾坤)111)이니, 예로부터 허다히 전하는 시가(詩歌)는 그만두고라도 나는 이 뜰안으로 들어올 때에 영화(映畫) 〈나그네〉를 연상하였읍니다.

말(馬)이 좁은 비탈길을 달립니다. 〈나그네〉가 처음 경성(京城) 각사진관(各寫眞館)에서 상영(上映)될 때에도 나는 역시 나그네이었으므로 보지 못하고 유감으로 생각하던 끝, 여기 온 후 원산관(元山館)에서 관람의 기회를 다행으로 얻게 되었읍니다. 오래 세월의 나그네 '복룡(福龍)'이가 무서운 감옥행(監獄行)을 할 때에도 자기 아내를 향하여, "이 또한 나그네라" 하고 눈물로 떠났으니 나의 병원 일박(一泊)쯤이야 세상(世上) 나그

---

111) '세상이란 여관(旅館)과 같다'는 뜻으로 '세상의 덧없음'을 비유적으로 이르는 말.

네의 얻기 쉬운 일이겠지요.

형(兄)

나는 먼저 진찰실(珍察室)로 들어가서 순서(順序)로 의사의 진찰을 받았읍니다. 묻는 대로 대답했읍니다. 몸 만지는 대로 맡겨 두었읍니다. 역시 신경쇠약증(神經衰弱症). 좀 요양(療養)을 하는 것이 났겠다고 의사는 말합디다. 바른 진단(診斷)이었읍니다. 사실(事實)인즉, 나는 학창 시대부터 늘신경쇠약증이 있어서 십년위객병상수(十年爲客病相隨)112)하고 자민(自悶)113)한 일도 있거니와, 요즘 두통 불면증이 심하여 신경 쇠약으

---

112) 십년을 서로 붙어다니며 병원 손님이 되다.
113) 스스로 답답함.

로는 상당히 중환자(重患者). 이 정도(程度)로도 한인귀공자(間人貴公子)114) 같으면 입원(入院)할 자격이 충분하겠지마는 나는 그것도 아닙니다.

다음은, 흰 옷 간호원의 안내로 이층 이 방에 들어왔읍니다. 삼십 평이나 되는 병실(病室)이 꼭꼭 만원(滿員)이고 이 방밖에 비지 않았다. 운(云). 제일 구석방입니다.

뒤에는 천장송백(千章松栢)의 유수(幽邃)가 있고 앞으로는 만리해풍(萬里海風)이 끝없이 불어 오니 병자(病者)의 요양실(療養室)로는 조선(朝鮮) 제일위(第一位)라하여도 손색 없겠으나, 하룻밤 나그네의 휴식처 되기에는 너무 적막한 감(感)이었읍니다.

---

114) 한가한 사람 귀공자.

조금 있다가 간호원이 한 병의 물약과 세 봉지 가루약을 들고 왔읍니다. 봉지에나 병에나 나의 이름이 쓰여 있읍니다. 나도 이제 완전히 이 집 환자 명단에 등기되었는가 생각하니 한편 불유쾌하기도 하고, 또 우습습니다. 하여간 나는 목전(目前)의 약보담 밥이 그리웠읍니다. 점심을 십이시(十二時)에 먹고 지금껏 아무것도 먹지 않은 까닭. 간호원에게 물으니 밥은 없고 빵이 있다기에 빵으로 대용(代用)하였읍니다. 식후(食後) 소화약은 먹지 않았읍니다. 모처럼 먹은 세 쪽 빵이 속히 소화되고 보면, 이 한밤 새우기에 도리어 곤란할 듯한 까닭입니다.

형(兄)

이렇게 홀로 베드 위에 누웠으니 나는 마치 망망한 대해(大海), 외로운 뱃전에 쉬는 갈매기와 같습니다. 다행으로 바람도 물결도 없는 이 순간. 이 순간만은 나의 여로(旅路)에 부여된 행복의 밤인 줄 감사하고, 조그마한 평화와 짧은 안식(安息)이나마 나는 이 밤을 완전(完全)히 향유(享有)하려는 노력(努力)을 합니다. 피로한 다리 팔을 이불 속에 파묻고, 지향 없이 사방(四方) 달리는 혼(魂)을 방안으로 불러 들이어 고요히 눈을 붙일까 합니다.

만뢰구적(萬籟俱寂)[115] 자는 듯 점점 깊어 가는 밤. 옆방 병실에서도 숨소리 하나 들리지 않고, 푸른 달빛이 창(窓)으로 내릴 뿐입니다.

---

115) 아무 소리도 없이 잠잠하여 아주 고요함.

제2야(第二夜)

형(兄)

아침 눈도 뜨기 전에 뒷산 송림(松林) 속에서 뭇새소리가 들려옵니다. 즐거운 음악입니다. 한가로운 노래입니다. 잠자리에 누워서 새소리를 듣는다는 것은 얼마나 즐거운 일일까요. 이러면, 형(兄)은 잠자리에 누워서 아내의 피아노 소리를 듣는다는 것은─ 하고 미소할 것이겠지마는, 서울에서야 한번 새소리를 들으려면, 청량리(淸凉里)나 삼청동(三淸洞) 숲 속을 들어가야 하겠고, 정말 달 구경을 하려면 한강(漢江)으로 쫓아 나가야 하겠지마는 여기에는 아침 새소리와 저녁 파돗소리를 아무 수고 없이 듣고, 달과 태양과 구름을 자유로 향유할 수 있읍니다. 전원생활(田園生活)과 해변생활(海邊生活), 더우기 두 가지를 양전(兩全)할 수 있는 송도(松濤)일대(一帶)의 풍경(風景)은 언제 보아도 싫지 않습니다. 어제 피로도 아직 남았거니와 새소리를 더 듣기 위하여 나는 짐작한 삼십분 후에 눈을 떴읍니다.

붉은 애무(愛撫)의 조양(朝陽)이 사방(四方) 유리창으로 흘러듭니다. 낭하(廊下)116)로 나가니 닫힌 문도 있고, 열린 문도 있읍니다. 세면소에서 세수하는 이도 있고, 창에 기대어 바다를 보는 이도 있고, 마음 없이 그 낭하를 오락가락하는 이도 있읍니다. 아침은 하루의 어머니랄까요. 어젯밤에는 적적(寂寂)죽은 듯하던 이 병원. 신음과 고뇌에 잠자던 환자들 가슴에도 이 아침의

---

116) 행랑. 길게 골목진 마루.

환희, 이 아침의 활동, 이 아침의 사랑은 거부할 수 없는 가 봅니다.

평수상봉(萍水相逢)[117]하니 위시타향지객(爲是他鄉之客)이라.[118] 그들도 나를 모르고, 나도 그들을 모르되, 하룻밤 한 병원에서 함께 쉬게 된 것도 적지 않은 여로(旅路)의 연(緣)이라 하겠읍니다.

나도 세면소에 가서 세수를 하고 방에 돌아와 아침 식사를 필(畢)하였읍니다.

예정이 본시 일박(一泊)이고, 백주공방(白晝空房)[119]에 누웠기도 또 열적하여 곧 주인집으로 쫓아가고 싶었읍니다. 마는의사·간호원에게 일박(一泊)하고 간다기

---

117) 물에 떠다니던 부평초가 서로 만난다는 뜻으로 서로 모드런 사람들이 우연히 만남을 비유적으로 이르는 말.
118) 부평초와 물이 만나듯 모두가 우연히 만난 타향의 길손들이라.
119) 대낮에 빈 방(여자 혼자 사는 방).

는 정말 어려운 일, 무어라 능변(能辯)할 자료가 없었읍니다.

입원비가 다행으로 저렴(低廉)하고, 여러 가지 주인집보담은 편리하니, 이왕 들어온 이상 이삼 일 쉬어 가는것도 무방하다 하였습니다.

형(兄)

이 무슨 방랑(放浪)일까요! 낮에 누웠으니 첫째 심심합니다. 소견(消遣)120)의 도(道)를 연구하다가 옆방에 가서 책 한 권을 빌어 왔습니다. 잡지『キング』121) 신년부록(新年附錄) 단편소설집(短篇小說集)인데, 병상

---

120) 소일(消日: 어떠한 것에 재미를 붙여 심심하지 아니하게 세월을 보냄).
121) 임금님. 국왕.

(病床)에 적당한 독물(讀物).122) 더욱 그 중 몇 편은 해변 요양실에서 취재한 작(作)이었읍니다.

고마운 끝, 나는 그중 골라서 한꺼번에 국지관(菊池寬)의 「연애결혼제도(戀愛結婚制度)」, 중촌무라부(中村武羅夫)의 「처의 심(妻の心)」, 가등무웅(加藤武雄)의 「폐원의 화(廢園の花)」 등홍선(藤紅線)의 「살인범(殺人犯)の○○○」를 읽었읍니다. 심심할 뿐 아니라, 나는 여기 송도원(松濤園)에 온 후로 동무와 독물(讀物)에 주리었던 까닭이었읍니다.

형(兄)

---

122) 통속적으로 읽도록 쓴 글이나 책. 읽을 거리.

점심을 먹고 나는 바다로 나왔읍니다. 백주(白晝)의 바다는 정(正)히 고요합니다. 물결도 바람도 없고, 높음도 낮음도 없고, 물과 하늘 한 빛으로 닿았는데, 적열(赤熱)123)의 태양(太陽)이 한없이 내려쪼이고, 때때로 바위에 부딪치는 백말(白沫)124)이 풀풀 날뿐, 눈줄기랄까…… 백금(白金)의 가루랄까!

무어라 형용할 말이 없읍니다.

한낮의 태양(太陽)이 눈부시게 해심(海心)을 내려쏘는데

바위에 부닥치는

백금(白金)의 비말(飛沫)125)이 풀풀 우리 키보담 높다.

---

123) 물체가 빨갛게 달 때까지 가열함. 여기서는 아주 뜨겁다는 의미임.
124) 흰빛으로 부서지는 물거품.

동경(憧憬)의 흰 돛은 아득히 하늘 끝 닿고
발아래로 푸른 유혹(誘惑)의 물 푸른 유혹(誘惑)의 물

물에 길든 갈매기 놀라 날 줄 모르고
오가락 물방울 희롱하며 젖은 날개 더욱 빛나거니

바위에 고요히 걸어앉아 불순(不純)[126]의 피 끊치는
순간
더 높아져라, 부닥쳐라, 오오 백말(白沫)이여! 더 높
아져라
아스란 신경이 눈썹 끝 머리털 끝 층층계 기어오른다.

---

125) 안개같이 튀어오르거나 날아 흩어지는 물방울. 튀는 물방울.
126) 순수하지 않음. 참되지 못함.

형(兄)

이것을 센티(sentimental[127])라 무엇이랄까요. 마음없이 저 갈매기 떼를 따라 이 태양(太陽), 이 백말(白沫)이 바닷속에 함께 섞일 수 있다면. 모래 위에는 여기저기 어민(漁民)들이 모여 앉아서 헌 그물 고치고 있읍니다. 그들에게는 초로도 없는 동시에 게으르지도 않고, 흑라(黑裸)의 아희들은 모래성(城)도 쌓으며 조개껍질 장난도 하며, 혹 노래도 부르고 놉니다. 옛날 시(詩)와 그림에서 보는 것 같은 그들의 생활(生活)은 아직도 로맨틱[128]하고 고풍(古風)입니다. 해상다고풍(海上多古風) 어가일월한(漁家日月間)[129]이라, 아니 부러울 수 없읍

---

127) 감상적인.
128) romantic. 낭만적인.

니다.

형(兄)

밤에는 처정처정 비가 내려옵니다. 명랑한 아침의 미소(微笑)도 이슬과 함께 사라지고, 다시 이 병원은 수운(愁雲)130) 속에 잠기고 맙니다. 세상과 절연(絶緣)된 고사(孤寺)131)의 밤과도 같습니다. 처정처정 유리창에 뿌리는 빗소리! 나는 이불 속에 얼굴을 파묻고 오늘 해변(海邊)에서 본 풍경(風景)을 생각하면서 박용철형(朴龍喆兄)의 애차(哀嗟)132)로운 시(詩)!

---

129) 해상에 고풍이 많고, 일월(해와 달: 세월을 비유적으로 이르는 말)이 한가한 고기잡이의 집.
130) 수심이 가득찬 기색. 슬픔을 느끼게 하는 구름.
131) 외딴 절.

원 종일 쉬임 없이 내리는 비에
내 마음 이리도 여윗나니
원포(遠浦)의 갈매기 다 젖어 죽었겠다.

를 속으로 외었읍니다. 낮에는 그처럼 쨍쨍하던 해천(海天)이 어느 새 흐리어 비가 내린단 말가. 먼 백범(白帆)은 어디로 사라졌을꼬. 비말(飛沫)을 돌던 갈매기 어디로 날았을꼬. 물가의 어자(漁子)들은 어디로 돌아갔을꼬. 일일청일야우(一日晴一夜雨)[133]라 천시(天時)를 추측ᄒ기 어렵거든 하물며 사바세계(裟婆世界)[134]의 나그네랴! 두 밤 내 여기 쉬는 사이에 어제

---

132) 슬피 탄식함.
133) 하루는 개이고 하룻밤은 비가 내림.

달(月), 오늘 비(雨)이거니 다른 환자들 혹 몇 주(週) 몇 달, 혹 해 가까운 이도 있다. 운(云). 무서운 병마(病魔)와 끝없는 여수(旅愁)[135]와 어지러운 실망환상(失望幻想) 속에서 우우풍풍(雨雨風風),[136] 또 달 밝은 밤을 몇 번이나 울고 웃어 보내었으리! 그들의 건강이 빨리 회복되기를 가만히 빌었습니다.

---

134) 괴로움이 많은 인간 세계.
135) 객수(객지에서 느끼는 쓸쓸함이나 시름).
136) 많은 비와 바람.

제3야(第三夜)

형(兄)

대저(大抵) 펫병이란 무슨 병이기에 하필 젊은이, 더욱 재질(才質)고른 사람을 골라서 울리는 병일까요. 병자는 나날이 늘어 가고, 이 병에 대한 근본 치료책이 아직 없음은 참으로 걱정되는 일이겠읍니다. 이 집 환자들 중에는 혹 중년(中年)되는 이도 있고, 혹(或) 다른 병(病)으로 앓는 이도 있으되 대개는 젊은 남녀(男女)의 펫병 환자로 채웠다 합니다. 이 병원 위치를 여기에 택한 것도 펫병 치료를 목적(目的)한 것이겠읍니다.

조금 전 나는 나의 건넌방 문앞에 오십 세 가량 되는 여자가 근심스러운 얼굴로 기대어 섰기에 누가 아프냐고 물으니, 자기 아들이 입원(入院)하였다 합디다. 크게 중(重)한 정도는 아니라 함으로 좀 이야기나 할까 하고 그 방으로 들어갔읍니다. 첫번 보기에도 미목(眉目)137)이 수연(秀然)하고 재질(才質)도 있을 듯한 인상(印象) 좋은 젊은이 였읍니다.

"어디가 아파서 입원하였소?" 물으니

그는 힘없는 손으로 가슴을 어루만지면서

"폐가 좀 아파서." 하고 한숨쉽디다.

"폐! 입원(入院)한 지 오래오?" 물으니

그이 옆에 있던 어머니가

"벌써 한 달이 넘었지요." 합디다.

"잠간만 뵈어도 학생 같은데 어느 학교에 다니오?"

---

137) 눈섭과 눈으로 여기서는 얼굴 모양.

물으니

"모중학(某中學)에 다니다가 금년 봄에 그만두었습니다." 합디다.

"그러면 퇴학을 하였소, 휴학을 하였소?" 물으니 퇴학(退學)을 했다고 어머니가 대답합디다.

나는 직각적으로 그 퇴학이 잘못 되었음을 알고 홀로 생각하였읍니다. 그이는 아직 나이 열 아홉밖에 안 되고, 또 크게 병자 같지도 않은데, 그 정도의 건강으로 퇴학까지 한 것은 너무나 경솔하다 하였읍니다. 그의 어머니의 말이 삼대(三代) 독자(獨子)이요. 더욱 다섯 살 때에 저의 아버지는 별세(別世)하였다 하니, 지금까지 어머니의 손끝에 금옥(金玉)같이 길러 온 귀동자임에 틀림없고, 또 살림도 먹고 사는 터이라, 폐가 좀 나쁘다니 그만 혼비기색(魂飛氣塞)[138]하여 모든 것을 단념

하고 이렇게 치료의 길로 들었는가 봅니다. 이것은 누구나 다 병에 대한 경험과 상식이 없을 때에 경험하는 일이지마는. 나의 경험으로 보아도, 육칠 년 전 하룻밤에는 자고 일어나서 가래를 뱉으니 혈담(血痰)이 섞여 나오므로 조후(朝後)에 곧 제대병원(帝大病院)에 가서 진찰을 받았읍니다. 역시 펫병 운운(云云). 갈 때에는 그래도 혹 다른 병이랄까 하는 일루(一縷)의 희망을 가지고 걸어갔는데, 펫병의 선고를 받고는 그만 눈앞이 캄캄하여 병원의 석계단(石階段)에서 발을 옮길 수 없어, 간신히 인력거(人力車)로 돌아온 일이 있읍니다. 차차 치료한 결과 다행으로 펫병은 아니고, 감기 끝에 혈담이었던 것을. 그러므로 의사도 이런 병의 진단은 경솔

---

138) 넋이 달아나고 숨이 꽉 막힘.

히 내리지 못할 것이고, 병자 자신도 병에 대하여 초초하여서는 더욱 해(害) 있는 것입니다.

"그러면 학교는 다시 어떻게 할 예정이오?" 물으니

"글쎄요. 병이 나아야지요." 합디다.

"그러면, 상업에나 농업에나 취미 있는 방면이 있소?" 물으니

"아무것도 없습니다. 병(病)이 나아야지요." 합디다.

"그러면 앞으로 무슨 사업을 할 생각은 없소?" 물으니

"먼저 병이 나아야지요." 합니다.

"결혼은 하였소?"

아직 결혼 전이라고 그 어머니가 말합디다.

생각컨댄 그이의 가슴은 아무것도 없는 소라껍질이었읍니다. 인생(人生)의 가장 아름다운 청춘기에 있어서 학문에 대한 동경도 잃어버리고 사업 기타 취미 방면

(方面)에 대한 희망도 잃어버리고, 연애에 대한 갈구도 잃어버리고, 자나깨나 그이에게는 다만 병이 있을 뿐입니다. 여러 가지 절망과 저주(咀呪)와 비탄 속에서 그 날을 보내는 것 같았읍니다. 그러나 희망이란 청춘(靑春)의 생명(生命)인데, 모든 희망(希望)의 줄을 끊고 어이 생명(生命)을 구할 수 있을까. 병(病)에는 잊는 것이 최량(最良)의 약(藥)인데, 밤낮 병(病)을 걱정하고 누웠기만 하면 어이 병(病)을 퇴치할 수 있을까. 현대 의가(醫家)에서는 약간하면 입원하라, 요양원을 가라고 권하지마는, 그 치료법에 대하여 나는 극히 반대합니다. 폐병(肺病)은 외과(外科), 피부과(皮膚科) 등 다른 병(病)과 달라서 칼로, 약으로 단시일(短時日)에 용이(容易)히 치료할 수 없음을 의학계가 시인하는바, 자기수양(自己修養)과 자연요법(自然療法)을 기다려, 일차로

회복(回復)할 수 있는 병(病)이거늘, 젊은이를 유울(幽鬱)한 방, 뻐덕뻐덕한 침대에 눕혀 놓고, 아무 생각없이 누었으라니, 어이 될 말일까요. 대저 사람이란 사고적(思考的), 감정적(感情的), 동물(動物)인데 한참도 생각없이 존재(存在)할 수 없음은 호흡(呼吸) 없이 살 수 없는 것과 같은 것입니다. 중질환자(重疾患者)야 물론 입원이라도 하여, 그때그때 응급치료(應急治療)를 받아야 하겠지마는, 초기(初期)의 폐첨가답아(肺尖加答兒), 폐침윤정도(肺浸潤程度)의 환자(患者)쯤은 입원치료(入院治療)하는 것이 도리어 불리(不利)할 것 같습니다. 인생(人生)의 욕구인 학문과 사업과 취미와 연애 등 일체의 희망을 끊고, 만경대해(萬頃大海), 끈 잃은 일포자(一匏子139))처럼 공상(空床) 위에 누워서 온종일 천정(天井)만 쳐다보면 도리어 별별 가지 우수(憂愁)

와 주저(呪咀)와 번뇌(煩惱)가 운기무묵(雲起霧墨). 듣는 것이 병이, 약이 뿐. 보는 것이 병자뿐. 생각하는 것이 병뿐인 이상, 이런 분위기 속에서 어이 병을 잊고 온전한 정양(靜養)을 기할 수 있을까요. 그 보담 자기(自己)의 건강(健康)이 허(許)하는 정도(程度)까지 좀 무리라도 독서·산보 기타 오락 등으로 병 잊는 기회를 많이 만드는 것이 차등(此等) 병치료의 한 조건이 될까 합니다.

"여보 웬만하거든 여기 누워만 있지 말고 해수욕장 부근에 가서 한여름 동안 독서·산보도 하고 선어(鮮魚)[140]·연계(軟鷄)[141]도 사 먹고 동무들과 놀기도 하

---

139) 모양이 박과 같음.
140) 신선한 물고기.
141) 영계의 원말. 병아리보다 조금 큰 어린 닭.

며, 한편 복업(服業)하다가, 가을바람이 불고, 건강이 좀 회복되거든 학교를 계속하든지, 기타 취미 있는 일을 하여 보라."고 권하였습니다.

그러나, 그이는 고개를 두르며

"그만한 용기가 있어야지요." 하고 나의 열변을 부인하는 표정이었읍니다.

더 이상 말한대도 처음 만난지라, 마이동풍적(馬耳東風[142]的). 내 말을 신준(信遵)[143]할 것 같지도 않고, 또 입원환자(入院患者)에게 이런 선전(宣傳)을 한다는 것은 병원 주인에게 대하여 예(禮)에 결(缺)하므로 그만쯤 하고, 나는 그 방을 나왔읍니다.

---

142) 말의 귀에 동풍이라는 뜻으로 남의 비평이나 의견을 조금도 귀담아 듣지 아니하고 흘려버림을 이르는 말.
143) 믿고 따름.

아들이여! 빨리 일어나서 근심스런 어머니의 이마 주름을 펴 드려라.

형(兄)

쓸 곳 없는 말이 너무 장황하게 되었읍니다. 아라비아 천야일야(千夜一夜)라더니, 임해장(臨海莊)의 삼천야(三千夜)가 되겠네. 옛다, 이 친구 모처럼 편지 한번 하는데, 데데한 잔소리가 왜 이리 긴가하고 형(兄)은 벌떡 화를 내시겠지요.
그러나, 용서하십시오.
요전 정지용형(鄭芝溶兄)이 한번 조롱의 말로, "일도(一島)의 교제(交際)는 비과학적(非科學的)이다." 하여서로 웃은 일이 있거니와 아닌 게 아니라, 나는 동무들과 만날 때에는 하루에도 몇 번씩 만났다가도, 못 만날 때에는 몇 날 몇 달을 쭉 그림자조차 보이지 않으며, 편지를 잘 쓰지 못하는 동시에, 쓰기 시작하면 읽기에 이맛살이 찌푸러지도록 길게 쓰는 성벽(性癖)이 있는 것입니다. 요즘 나의 생활이 전부 비과학적이요, 전부 나그네어니, 교제에 있어서인들 어이 하리오.

형(兄)

지금은 해변의 저녁, 나는 보따리를 싸 들고 바다를 따라 해수욕장 주인 집으로 향하여 내려갑니다. 어젯밤 내리던 비도 자취 없이 개이고, 백운홍하(白雲紅霞)의 쪼각쪼각 그림 같은 하늘, 저 수평선 너머로 진홍의 석양이 비꼈는데, 망망한 해로에 외로운 돛, 갈매기, 고기

잡이 놀이의 가도가도 끝없는 여정(旅情)—이야말로 일구시(一句詩) 그대로입니다.

　孤帆夕日茫茫際
　白鳥漁歌去去情

　머지 아니하여 송도원(松濤園) 백사장(白砂場)에는 해수욕 나그네들이 갈가마귀 떼처럼 사방(四方)서 모여들겠구나. 한여름 뛰고 놀고 지껄이다가 가을 바람 휙 한번 불면 갈가마귀 떼처럼 사방(四方)으로 또 흩어져 가겠구나. 오오 빨리 오너라. 바다의 후조(候鳥)여!

입금강¹⁴⁴⁾

: 김립(金笠) 작(作)

평생에 배운 글 헛되이 백발(白髮)되고

이 칼 또 하릴없이 또 석양(夕陽)이어니

하늘을 우러러 땅을 끌여 꺼지기 전

내 한(恨)이 어이 끝나랴! 어이 끝나랴!

서울도 그만이라 막걸리 백천잔(百千盞)

이제 목놓아 양껏 마시고

쓸쓸한 가을 바람에 삿갓 날리며

금강산(金剛山)으로 나는 가오. 나는 가오.

書爲白髮劍斜陽

天地無窮一恨長

---

144) 入金剛.

痛飲長安紅十年
秋風簑笠入金剛

저녁놀

작은 방안에
장미를 피우려다 장미는 못 피우고
저녁놀 타고 나는 간다.

모가지 앞은 잊어버려라
하늘 저 편으로
둥둥 떠가는
저녁 놀!

이 우주(宇宙)에
저보담 더 아름다운 것이 또 무엇이랴!
저녁놀 타고
나는 간다.

붉은 꽃밭 속으로
붉은 꿈나라로.

지하실¹⁴⁵⁾의 달

깊은 의자(倚子)에
허리가 빠졌다
담배연기 따라 저 천정 끝으로
가늘어지는 내 시선(視線).

한 손으로
늙은 종려수(棕櫚樹)를 휘잡노니
종려수(棕櫚樹)!
너도 고향(故鄕)이 그리울 게다.

하늘과 달과 구름을
밖에 두고

---

145) 地下室.

음휘(陰徽)의 지하실(地下室) 한구석에 앉아
또 쓴 잔을 손에 듦은
아—

내 영혼(靈魂)과 내 모자(帽子)는
막고리에 걸렸나니
새아씨여!
갈 때에 부디 벗겨 주오.

찬 벽146)

내 병상(病床)에 기대었음을 잊고

가을 볕 작은 남창 밖으로

뭇 행렬(行列)의 뒤를 따라 거리를 돌던 내 영혼(靈魂)

밤이면 어둠을 가슴에 안고

회백색(灰白色)의 찬 벽을 다시 대하나니.

내 얼굴 벽에 비칠 리 없거니와

손톱을 새긴 글자조차 아무런 의미(意味)를 이루지 못할 뿐

조그마한 이 침대가 나의 현재를 정규(定規)147)하는 한(限)

나는 못 나는 새라.

---

146) 壁.
147) 일정한 규약이나 규칙.

세계(世界)의 눈을 끄는 원자탄(原子彈)의 힘으로
영원(永遠)히 전인류(全人類)의 평화(平和)를 보장
(保障)할 수 있을까
아—
정치(政治)도 전인생(全人生)을 해결(解決) 못 하매야.

사랑이 식으면 벌레 먹은 장미꽃
결혼은
비극(悲劇)이기보담 추태(醜態)다.

어머니의 얼굴도
기억에 희미하거니
…………………

....

가을이 간들 잎사귀 간들
내 다시 무엇 설워하랴!
가을이 가면 오는 추위가 무서울 뿐
그러나 연료도 걱정 안 된다.

벽하나 격(隔)하여 밖은
나와 다른 세상
내일이면 또 거리 우으로
뛰고뛰고 외치련마는……

조그마한 이 침대 위의 나로 완전히 돌아오는 순간
나는 못 나는 새라

다시 어둠을 가슴에 안고
회백색(灰白色)의 찬 벽을 홀로 대하나니.

창148)을 남쪽으로

창(窓)을
남쪽으로 뚫어라.

끝없이 푸른
저― 이월(二月)의 하늘.

제비 한 마리 떴다
높이……

창(窓)을
남쪽으로 뚫어라

---

148) 窓.

하늘 한복판 쏟아 나리는 황금(黃金)의 햇발을
담뿍 가슴에 안으련다.

유울(幽鬱)한 온실(溫室)에 쭈구리고 있는 작은 꽃들도
따스로운 노대(露臺)149)로 옮겨 주어야지.

창(窓)을
남쪽으로 열어라.

낙동강(洛東江) 칠백리(七百里)에 벌써 얼음이 풀렸다
생명(生命)이 넘치는 물결.

---

149) 공연이나 행사 따위를 하기 위해 지붕이 없이 판자만 깔아서 만든 무대.

내 배야! 중류(中流)로 띄워 보내노니
흘러라 흘러라 멀리, 비 다시 오지 말아라.

▶▶▶『시원』제2호, 1935.04

코스모스꽃

가을 볕 엷게 나리는 울타리 가에
쓸쓸히 웃는 코스모스꽃이여!

너는 전원(田園)이 기른
청초(淸楚)한150) 여시인(女詩人).

남달리 심벽(深僻)한 곳, 늦 피는 성격(性格)을 가졌
으매
세상의 영예(榮譽)는 저 구름 밖에 멀었나니.

높은 상념(想念)의 나라는 쉽사리 닿을 길 없고
차디찬 가슴에 남모를 애수(哀愁)가 짙었도다.

---

150) 화려하지 않으면서 맑고 깨끗한 아름다움을 지니고 있는.

멀지 않아 서릿바람 높고 하늘이 차면
호젓한 네 혼(魂)을 어느 강산(江山)에 붙이리!

제비의 엷은 나래도 이미 향수(鄕愁)에 지쳐
　나란히 전선(電線) 위에 모여 앉아 강남행(江南行)을
꾀하나니.

마음에 영락(零落)151)의 만가(輓歌)152)가 떠돌고
　한야(寒夜)153)의 기러기 엷은 꿈을 깨워 주기 전.

---

151) 초목의 잎이 시들어 떨어짐. 세력이나 살림이 줄어들어 보잘것없이 됨.
152) 상엿소리.
153) 몹시 추운 겨울밤.

해말쑥한 너 입술 위에
나는 키스를 남기고 가노라.

한가람 백사장154)에서

한가람 백사장(白沙場)은

흰 갈매기 놀던 처(處)라

흰 갈매기 어디 가고

갈가마귀 놀단 말가

교하(橋下)155)에 푸른 물은

의구(依舊)히156) 흐르건만

이처럼 변하였노

▶▶▶ 『조선문단(朝鮮文壇)』 제4호, 1925.01

---

154) 白沙場.

155) 다리 밑.

156) 옛날 그대로 변함이 없이.

흰구름

가을 대공(大空)¹⁵⁷⁾에
흰 구름은
천리(千里)!
만리(萬里)!

저 흰 구름은
산(山)을 넘고 강(江)을 건너
우리 고향 가건마는
나는 언제나

▶▶▶『조선문단』 제4호, 1925.01

---

157) 높고 넓은 하늘.

오일도

(吳一島, 1901.02.24~1946.02.28)

예술지상주의의 꽃을 피게 한 순수시 전문잡지 『시원』을 창간하여 한국현대시의 발전에 커다란 이정표를 남긴 시인.

경상북도 영양 출생, 본관은 낙안(樂安), 본명은 오희병(吳熙秉), 아호는 일도이다. 아버지는 오익휴(吳益休), 어머니는 의흥 박씨(義興朴氏)이다.

1901년 2월 24일 경상북도 영양 출신.

1915년 15세에 한양 조씨(漢陽趙氏) 조필현(趙畢賢)과 결혼.

1918년 영양보통학교 졸업.

1918년 경성제일고등보통학교 입학.

1922년 일본 도쿄로 건너가 강습소에서 수학한 다음 릿쿄대학 철학부 입학.

1925년 시 「한가람백사장에서」(『조선문단』 4호) 발표하면서 작품활동 시작.

1929년 릿쿄대학 졸업.

1929년 귀국 후 덕성여자중고등학교의 전신인 근화학교(槿花學校)에서 무보수 교사로 근무.

1935년 2월 고향에 있던 맏형 오희태(吳熙台)로부터 사재를 얻어 전문잡지 『시원(詩苑)』 창간하였으나, 12월 5호를 내고 발행이 중단. 이때 「노변(爐邊)의 애가(哀歌)」, 「눈이여! 어서 내려다오」, 「창을 남쪽으로」, 「누른 포도잎」, 「벽서(壁書)」, 「내 연인이여!」 등을 발표.

1936년 『을해명시선(乙亥名詩選)』(시원사) 발간. 여기에 「오월의 화단」 발표.

1938년 조지훈(趙芝薰)의 형 조동진(趙東振)의 유고 시집인 『세림시집(世林詩集)』 출판.

1942년 경상북도 영양으로 낙향하여 「과정기(瓜亭記)」 등 수필을 쓰면서 칩거.

1945년 광복 후 상경하여 문학활동 재개.

1946년 2월 28일 간경화증으로 사망.

낭만적인 서정과 애상에 바탕을 두다

오일도의 작품은 주로 낭만주의적 서정과 애상에 바탕을 둔 것이 대부분이다. 또한 감정의 절제보다는 그것의 자유로운 표출에 치중하였다는 점이 특징이다. 거기에 깃든 애상과 영탄은 어둡고, 그늘지고, 암울한 정서를 주로 노래하게 만들고 있다.

오일도는 작품 활동보다는 순수한 시 전문잡지인 『시원』을 창간하여 한국 현대시의 발전에 기여하였다는 점에서 더 중요한 시사적 의미를 지니는 시인이라 할 수 있다.

유해는 미아리 공동묘지에 묻혀 있다가 1961년경기도 양주군 도농(陶農)에 있는 가족묘지에 이장되었다.

노변의 애가

1935년 『시원(詩苑)』에 발표한 작품이다. 오일도의 시는 애상적이며 동양적인 서정성을 지닌 점이 특징이다. 주지적(主知的)이기보다는 주정적(主情的)이며 기교를 탐내지 않고 소박한 시풍을 지녔으며 감상적인 면이 짙다. 「노변의 애가」는 고향을 떠난 시인의 노스탈지어를 강렬하게 표현하고 있다. 오일도의 작품은 주로 애상의 가을을 노래한 것이 많은데, 이 작품 역시 가을의 서정 속에서 고향의 추억을 쫓고 있으며, 작품 기법상의 리리시즘에다 작가 내면의 우수적 로맨티시즘이 복합되어 그야말로 이 작품 속에서 표현한 '계절의 조락(凋落)' 같은 애수를 느끼게 한다.

오일도의 작품 분석에서 「노변의 애가」가 외면되었던 일면을 보면, 이 작품의 후반부를 이 시의 제목과 결부하여 볼 때 단순히 이 시를 향수(鄕愁)의 노래로만 볼 것이 아니라 당시 일제강점기하의 민족적 현실을 노래한 저항적인 측면에서 분석하여 볼 수 있다.

"너의 유방(乳房)에서 추방된 지" 오래며 "거친 비바람 먼 사막길" 같은 고난의 현실이며, 그 현실 속에서 "허덕이며 찢어진 심장", 그 안에 품고 있던 분노의 "칼 녹스는 그대로" 끝끝내 "노방(路傍)의 죽음을" 참고만 있을 것인가 하고 분명히 민족의 울분을 저항적인 자세로 표현하고 있다. 이렇게 볼 때 노변은 고향을 떠나서 향수에 젖은 채 방황하는 객창(客窓)이기도 하려니와 "꿈속같이 아득한 옛날" 어머니 품 같은 유방, 즉 따뜻한 안식처를 잃어버린 당시 조국의 현실을 노래한 시라고 할 수 있다.

누른 포도잎

가을의 서정과 애상을 노래한 작자는, 새로이 움트는 연푸른 새잎에 시정(詩情)의 눈을 주는 것이 아니라, 생명을 다하고 지는 누른 포도잎에 눈을 주는, 자연의 조락(凋落) 앞에 한없이 우는 인간애를 보여주고 있다. 이 동양적인 관조(觀照)의 서정어린 시정신은 소박하고도 깊은 애정을 지니고 있다. 이 시인의 애상과 비극은 끝없는 시정신의 탐색이며 방황이기도 하다.

큰글한국문학선집: 오일도 시선집

노변의 애가

© 글로벌콘텐츠, 2018

1판 1쇄 인쇄__2018년 07월 20일
1판 1쇄 발행__2018년 07월 30일

지은이__오일도
엮은이__글로벌콘텐츠 편집부
펴낸이__홍정표

펴낸곳__글로벌콘텐츠
　　　등　록__제25100-2008-24호
　　　이메일__edit@gcbook.co.kr

공급처__(주)글로벌콘텐츠출판그룹
　　　이사__양정섭　　기획·마케팅__노경민　　편집디자인__김미미
　　　주소__서울특별시 강동구 풍성로 87-6(성내동) 글로벌콘텐츠
　　　전화__02-488-3280　　팩스__02-488-3281
　　　홈페이지__www.gcbook.co.kr

값 13,000원

ISBN 979-11-5852-189-9　03810

※ 이 책은 본사와 저자의 허락 없이는 내용의 일부 또는 전체의 무단 전재나 복제, 광전자 매체 수록 등을 금합니다.
※ 잘못된 책은 구입처에서 바꾸어 드립니다.